1

2

나는 기다립니다

나는 기다립니다

처음 펴낸날 · 2024년 12월 27일

글쓴이 · 유효진
그린이 · 이형진
편 집 · 허선영
디자인 · D_cause

펴낸곳 · 봄봄출판사
펴낸이 · 허기
주 소 · 서울시 성동구 천호대로 400 신창비바패밀리 1011호
등 록 · 2003년 2월 17일 (제2019-000059호)
전 화 · 02)2212-7088 | 팩스 · 02)2212-7056
이메일 · bbb@bombombook.com
블로그 · http://blog.naver.com/bbpub

ISBN 979-11-6863-069-7 73810

나는 기다립니다

글 유효진 · 그림 이형진

봄봄

2024년 여름처럼 이렇게 심하게 덥다고 느껴 본 때가 있었나 생각해 봅니다. 에어컨을 하루 종일 켜고 지낸 적도 처음입니다. 눈에 보이지 않는 어두운 그림자가 지구를 향해 서서히 다가오는 느낌이 듭니다. 그러면서도 숨이 턱턱 막혀 어쩔 수 없이 에어컨을 켜고, 더위를 식히려 먹고 마시는 것을 배달시키는 행보를 반복하며 여름을 지냈던 것 같습니다. 그러면서 투덜거렸지요. 한 번 시키는데도 이렇게 여러 개의 플라스틱 용기가 나오는데, 이걸 다 어쩌란 말이냐고! 고양이가 쥐 생각해 준다더니, 투덜거리며 한 일은 겨우 재활용을 위해 분리수거를 잘하는 것, 쓰레기를 만들지 않는 것에 마음을 쓰는 것뿐입니다.

요즘은 길을 지나다가 아이들을 보면 미안합니다. 신선하고 경쾌한 환경을 물려주고 가는 어른이면 좋으련만, 이미 그런 상황이 아니라서 이다지도 더웠던 거지요. 많은 재산을 다 써 버리고 가난을 물려줘야 하는 집안 어른이 된 기분입니다.

어쩌다 이렇게 되었을까요?

나와는 눈도 마주친 적 없는 북극이며 남극의 동물들에게도 미안하기는 마찬가지입니다. 눈썰매 한 번 탄 적 없는 빙하에게는 왜 또 이렇게 미안한지요.

지구 온난화로 빙하는 녹아내려 얼음 위에서 먹이를 찾던 동물들은 이제 살아갈 자리조차 잃어버리는 지경에 이르렀다지요. 북극곰이며 흰돌고래, 큰돌고래, 얼룩곰, 북극여우 등 이들은 이제 어디에 머물며 어디에서 먹이를 찾으며 살아가야 할까요?

있잖아요, 새하얀 털과 호수같이 푸른 눈을 가진 북극여우가 그리 예쁘고 귀엽고 사랑스럽다고 해요. 그런데 우리는 이 사랑스러운 여우를 어쩌면 영영 보지 못할 수도 있다고 합니다. 멸종 위기에 처했다니 말입니다. 온난화라는 커다란 문제 앞에 서면 나는 지극히 작아집니다.

이 글은 온난화로 수온이 올라가 몸살을 앓고 있는 바닷속 동식물 이야기입니다. '나'라는 한 사람이 더워져 가는 지구를 위해 크게 공헌할 힘은 없지만, 그래도 뭐라도 해야겠다는 생각으로 바닷속에 던져진 의자를 떠올렸습니다. 그리고 그 의자가 기다리는 것처럼 나도 진정 애쓰고 노력하며 기다리기로 했습니다. 온난화로 인한 피해가 점점 줄어들어 지구상의 온갖 생명체와 동식물들에게 좋은 소식과 희망의 메시지가 오기를 바랍니다.

하루하루를 감사하며

유효진

이상한 소리가 들립니다. 그런데 어디서 들려오는 소리인지는 알 수가 없습니다. 뱃고동 소리도 아니고 고래가 물 뿜어대는 소리도 아닙니다. 시끄러운 것 같기도 하고 아닌 것도 같기도 하고, 딱딱거리기도 하고 소곤거리기도 하는데 도무지 무슨 소리인지 감이 잡히질 않습니다. 그렇다고 우는 소리도 아닙니다. 뭔지 모를 불안이 밀려옵니다.

나도 행복했던 때가 있었습니다.
조금 행복했던 때도 있었고, 아주 많이 행복했던 때도 있었습니다. 그때가 언제였냐 하면 아주 조금씩 빵을 구워 상점에 파는 휴 할머니네 의자일 때였습니다.

불행했을 때요?

아, 네. 있었습니다. 누가 물으면

그때를 떠올리기조차 싫어서 차라

리 기절이나 했으면 좋을 만큼이요.

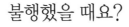

처음에 나는 렝그루의 의자였습니다.

렝그루의 의자였을 때 나는 하루에 열다섯

번은 쩍쩍 하품을 했었습니다. 렝그루는

태어난 지 14년 된 벌레였습니다. 중학교

2학년 된 공부벌레. 그렇지만 처음부터

공부벌레가 되고 싶었던 건 아닌 것

같아요. 렝그루는 집에 혼자 있을 때

면 몰래 침대 밑에 깊숙이 숨겨 둔

공을 꺼내 방에서 공놀이를 했습

니다. 아마 운동선수가 되고 싶었

었나 봐요. 그러다가 현관문 여닫는

소리가 들리면 후다닥 공을 감추고

잽싸게 의자에 앉습니다.

처음에 나는 렝그루가 치사한 놈이라고 생각했어요. 그런데 시간이 지나면서 벌레가 된 렝그루에게 좋은 의자가 되어 주고 싶었습니다.

렝그루 아버지는 렝그루가 어릴 적 아들이 굴린 공을 잡으려다 자동차 사고를 당해 하늘나라로 떠났다고 해요. 그후로 공은 렝그루에게 만지는 것도 안 되는 물건이 되었지요. 그 일을 안 후 나는 렝그루에게 다정한 의자가 되어 주고 싶었습니다. 그렇지만 공부만 하는 렝그루 의자로 지내는 일이 점점 따분해졌습니다.

어쩌면 렝그루가 나를 한 달만 더 썼더라면 하품을 하도 많이 해서 입이 찢어졌을지도 모릅니다. 그러기 전에 정육점에서 일하는 보댕 씨의 의자가 되어서 다행이었지요.

보댕 씨는 정육점에서 온종일 고기를 써는 일을 했는데, 내가 그다지 필요하지가 않았던 모양입니다. 그도 그랬습니다. 고기 써는 일은 서서 했기 때문에 앉을 일이 많지 않았거든요.

정육점 안은 좁았고 일하는 사람이 셋이나 있으니 내가 거추장스러웠나 봐요. 이 사람 저 사람 발에 차여 이리저리 굴러다녔으니까요. 도무지 내 자리가 어디인지조차 감이 잡히지 않았습니다. 게다가 밀려다니다 보면 간혹 이리저리 부딪혀 멍들기가 일쑤였다니까요.

나는 내가 왜 그곳에 있는지 이유를 잘 모르고 지냈습니다. 그냥 중고품 가게에 있다가 다른 사람한테 팔려 가게 두지 왜 여기에 데려다 놓았을까요?

그러던 어느 날 바쁘게 움직이던 보댕 씨가 내 다리에 걸려 그만 썰어 놓은 고기 더미 위로 넘어졌습니다.

"으휴, 아무래도 너는 여기에선 쓸모가 없을 것 같구나."

보댕 씨는 곧바로 나를 정육점 밖에 내놓더니 글씨를 써 붙였습니다.

<필요한 사람 가지고 가세요.>

내가 휴 할머니의 의자가 된 것은 그때부터였습니다. 휴 할머니는 나를 데려다가 비눗물로 깨끗이 닦아 말린 후 색칠도 해 주었습니다.

냄새나는 방석은 떼어 버리고 나무로 된 바닥과 등판은 노란색 페인트로 칠했습니다. 그 외 쇠로 된 테두리 부분은 파란색으로 칠했습니다.

'어머나! 내가 이렇게 예쁠 수도 있단 말이야?'

나는 상큼하게 변한 내 모습이 마음에 쏙 들었습니다. 휴 할머니도 나와 같은 마음이었는지 매우 만족해하는 듯했습니다.

"애야, 너는 이제부터 나와 단짝 친구다, 알겠니?"

혼자 사는 휴 할머니는 빵을 가게에 가져다 주는 시간 말고는 늘 나와 있었습니다.

식사할 때, 마당에 나가 있을 때, 나무 그늘에 앉아 있을 때 말이에요.

언덕 위에 있는 휴 할머니 집은 오래되어 낡긴 했어도 정이 넘치는 집이었습니다. 아침이면 새들이 날아와 재잘거렸고, 저녁이면 서쪽 하늘 끝에 노을이 매달려 있었습니다.

할머니는 그러면 나에게 앉아 중얼거립니다.

"애야, 애야. 저걸 좀 보아라. 저기는 붉은 섬나라 같고, 저 구름은 섬나라로 가는 기차 같지 않니? 참 예쁘기도 하

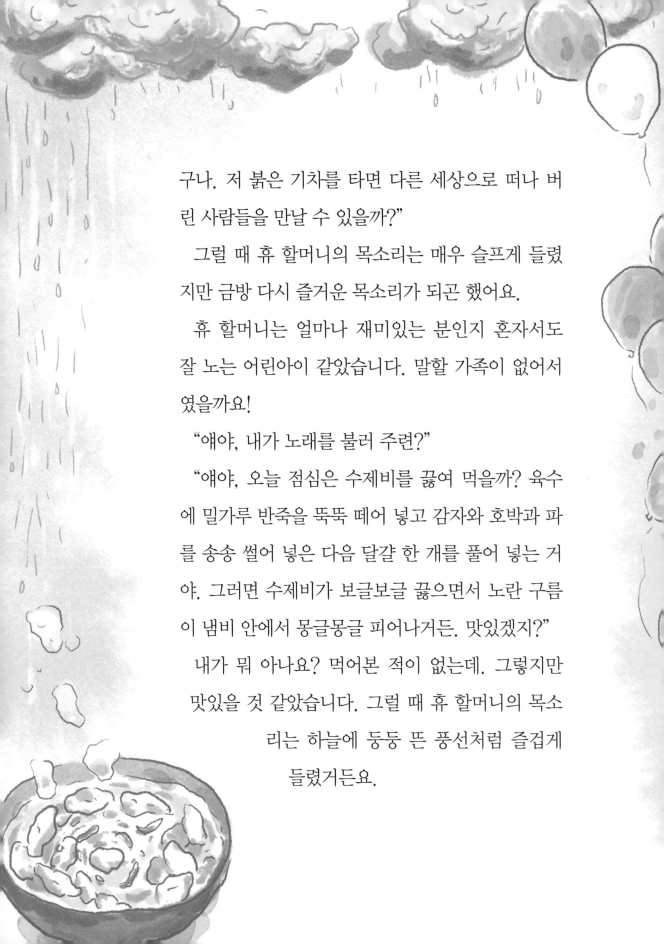

구나. 저 붉은 기차를 타면 다른 세상으로 떠나 버린 사람들을 만날 수 있을까?"

그럴 때 휴 할머니의 목소리는 매우 슬프게 들렸지만 금방 다시 즐거운 목소리가 되곤 했어요.

휴 할머니는 얼마나 재미있는 분인지 혼자서도 잘 노는 어린아이 같았습니다. 말할 가족이 없어서였을까요!

"얘야, 내가 노래를 불러 주련?"

"얘야, 오늘 점심은 수제비를 끓여 먹을까? 육수에 밀가루 반죽을 뚝뚝 떼어 넣고 감자와 호박과 파를 송송 썰어 넣은 다음 달걀 한 개를 풀어 넣는 거야. 그러면 수제비가 보글보글 끓으면서 노란 구름이 냄비 안에서 몽글몽글 피어나거든. 맛있겠지?"

내가 뭐 아나요? 먹어본 적이 없는데. 그렇지만 맛있을 것 같았습니다. 그럴 때 휴 할머니의 목소리는 하늘에 둥둥 뜬 풍선처럼 즐겁게 들렸거든요.

'아, 행복해.'

나는 세 번째 주인을 만나고서야 행복이 무엇인지 알 것 같았습니다. 할머니 집 마당 가에는 커다란 삼나무가 한 그루 있었는데 그 밑에는 작은 벤치가 있었어요. 휴 할머니는 그 벤치에 앉을 때만큼은 나를 탁자로 사용했습니다. 그래서 찻잔도 올려 놓고 커피잔도 올려 놓고 빵과 과자도 올려 놓았습니다.

그럴 때는 내 기분도 하늘에 둥둥 뜬 풍선이 되곤 했습니다. 할머니와 마주 앉아 있다 보면 진짜 친구가 된 기분이었거든요.

어떤 비 오는 날에는 나에게 우산도 씌어 주었습니다. 노란 우산이었어요. 휴 할머니는 파란 우산을 쓰고서 마당을 거닐었고요. 노래를 흥얼거리면서요.

비 오는 날에는 꽃들이 피어나
비 오는 날에는 나무들이 키가 커
비 오는 날에는 노랑새처럼 노래를 불러야지
비 오는 날에는 빗방울 후두둑 후두둑 쏴아쏴아
세상에 모든 것이 자라는 소리가 들리지.

휴 할머니가 비 오는 날 부르는 노랫소리는 정말이지 정겨웠어요.

그럴 때는 마당 가에 있는 나무들도 꽃들도 즐거워 깔깔거렸습니다. 나도 웃었습니다. 렝그루의 의자였을 때는 하품을 하느라 입이 찢어질 지경이었는데, 할머니의 의자가 되고부터는 즐겁고 행복해서 입이 찢어지도록 웃을 때가 많았습니다.

혹시 노란 우산을 써 본 적 있나요? 노란 우산을 나 홀로

쓰고 있으면 내가 왕자라도 된 것처럼 기분이
좋아지곤 했습니다.

언젠가는 바닥으로 툭 떨어진 목련 꽃 한 송이가 나에게
이렇게 말한 적이 있었어요.

"나는 그게 소원이었어."

"뭐가?"

"노란 우산을 써 보는 거."

참 이상한 일이었습니다. 목련 나무에 달린 꽃송이 중 그
애처럼 어여쁜 애도 없었는데 말입니다. 그래서 자기 친구
들이 모두 부러워했는데 말입니다. 그런데 그 애는
왜 노란 우산이 써 보고 싶었을까요?

"왜? 왜 그것이 소원인데?"

그런데 나는 그 친구의 대답을 들을 수가
없었습니다.

아뿔싸!

그 애가 입을 빵긋하려는 순간 바람이 지나갔

거든요. 그 애를 데려간 바
람은 다시는 돌아오지 않
았기 때문에 그 애가 어디로
갔는지는 아무도 알 수 없었습니다.
　휴 할머니는 어떤 날 내 위에 빵 부스러기를
올려 놓고 외출을 한 적이 있었습니다. 그때 나는 웃
기는 사실을 알았는데요. 새들이 나를 '얘야' 라고 부른다는
것이었습니다.
　"얘야가 아파하지 않을까? 우리가 콕콕
찍어서."
　"얘야는 아파하지 않아. 소리를 지르
지 않잖아."
　새들은 나에게 묻지도 않고 떠들어대더
니 내가 모르는 세상에 대해 재잘거렸습니다.

"너는 들었니? 그 얼음 나라에 대해?"

"응. 어제는 나이 어린 바다코끼리 떼가 언덕을 오르고 있었다더군."

"그러면 안 되는데."

"안 되는 거지. 그렇지만 살려고 그러는 거지."

나는 새들의 재잘거림이 무슨 소린지 통 알 수가 없었습니다. 나는 겨우 휴 할머니와 이별을 하고서야 조금 눈치를 챘습니다.

작년 겨울 눈이 엄청 많이 내린 날 할머니는 내 등을 쓰다듬으며 말했어요.

"얘야, 나에게 친구가 되어 줘서 고마웠단다."

어? 나는 휴 할머니의 말이 참말 이상했습니다.

'고마웠다고? 고마운 것이 아니고 고마웠다고? 내가 또 다른 곳으로 가는 것일까?'

갑자기 불안한 마음이 들었습니다. 내가 할머니 집에 온 후로 얼마나 행복했는데요.

할머니의 의자도 되고 탁자도 되고 쟁반이 되어 지낸 날들이 얼마나 고마웠는데요.

그런데 불안한 마음은 괜한 것이 아니었습니다.

　나는 그날 이후 휴 할머니와 정말로 이별을 해야만 했습니다. 할머니가 언덕집을 향해 올라오다 공처럼 굴렀다 해요. 나는 이별의 말 한마디도 나누지 못했는데 그렇게 헤어지고 말았습니다.

　어떤 날 밤 나는 꿈을 꾸었습니다. 휴 할머니가 붉은 노을 기차를 타고 손을 흔들었습니다. 그러면서 나를 향해 소리쳤습니다.

　"애야! 애야!"

　"할머니! 갑자기 없어져서 놀랐어요!"

　"애야. 나도 몰랐단다. 애야? 애야?"

　휴 할머니 목소리에 눈을 떴는데 저 멀리 물비늘이 반짝거렸습니다. 바다였습니다. 돌아보니 나는 어마어마하게 큰 배 위에 있었고, 공중에는 갈매기들이 날고 있었습니다.

　그때 누군가 소리치며 갑판 위를 뛰어갔습니다.

　"헤이, 챠이!"

정신을 차리고 둘러보니 햇살이 눈부시게 쏟아지는 배
안 저쪽에, 커다란 물고기가 펄떡거렸습니다.
"에그머니나!"
네 번째 내 주인은 상어를 잡는 사람이었습니다.

그날 이후 나의 하루하루는 한숨이 끊일 날이 없었습니
다. 휴 할머니가 떠난 후 나의 행복이야말로 붉은 노을 기
차를 타고 어딘가로 사라져 버린 것 같았습니다.
누가 나를 발로 차지 않아도 아팠습니다. 나를
울리지 않아도 슬펐습니다.

　나는 잡힌 상어의 커다란 눈과 마주치면 딴청을 부렸습
니다. 그러면서 중얼거렸습니다.

　비 오는 날에는 꽃들이 피어나
　비 오는 날에는 나무들이 키가 커

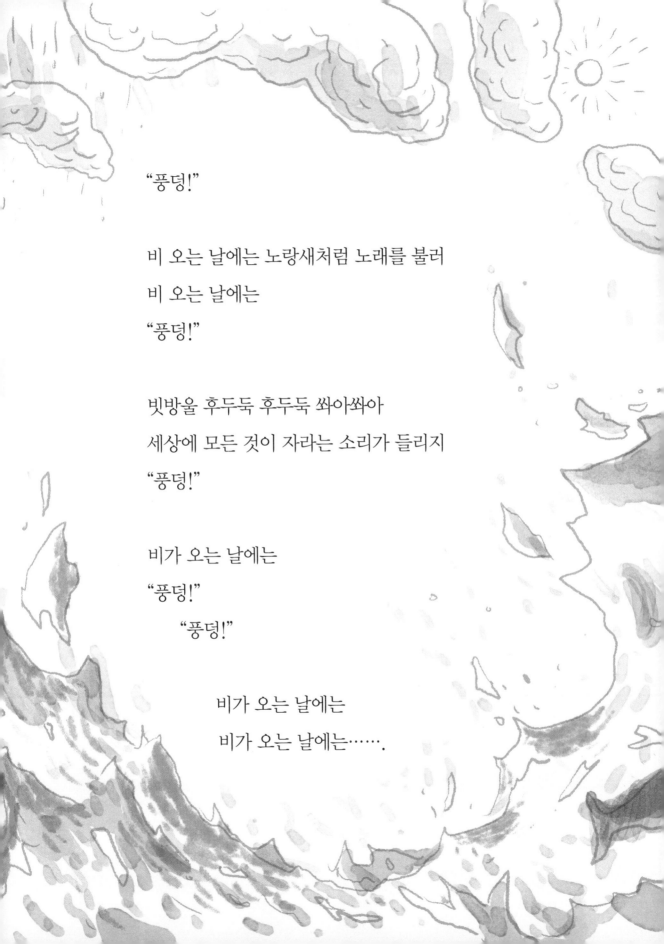

"풍덩!"

비 오는 날에는 노랑새처럼 노래를 불러
비 오는 날에는
"풍덩!"

빗방울 후두둑 후두둑 쏴아쏴아
세상에 모든 것이 자라는 소리가 들리지
"풍덩!"

비가 오는 날에는
"풍덩!"
　"풍덩!"

　비가 오는 날에는
　비가 오는 날에는…….

나는요. 상어 잡는 챠이 씨의 의자가 된 이후 세상에서 제일 슬픈 소리는 이 소리라고 생각했습니다.

"풍덩!"

지느러미가 싹둑 잘린 상어가 바닷속으로 떨어지는 그 소리!

어느 날 눈을 감고 있는 나에게 흰 갈매기 한 마리가 다가와 속삭였습니다.

"양털 구름 한 덩어리 따다가 줄까?"

"한 덩어리? 왜?"

"양털 구름으로 귓구멍을 막고 있으면 어떤 소리도 들리지 않는다더라."

나는 나도 모르게 외치듯 말했습니다.

"아니, 아니 갈매기야! 네가 할 수 있으면 말이지. 그냥 폭풍을 일으키는 검은 구름을 하늘에 쫙 깔아 줘. 상어를 잡지 못하게 폭풍우가 휘몰아쳤으면 좋겠어!"

그런데 하늘이 내 말을 들었을까요?

갑자기 하늘에 검은 구름이 몰려오더니 폭풍우가 치기 시작했습니다. 파도는 하늘까지 덮칠 정도로 거셌고, 커다

란 배는 파도를 타고 사정없이 흔들거렸습니다.

　갑판 위를 나뒹구는 물건들 부딪치는 소리와 나의 네 번째 주인이었던 챠이와 토유미리의 비명소리는 나를 더욱 두려움에 휩싸이게 했습니다. 이리저리 휩쓸리던 나는 어느 순간 무엇인가 하늘로 솟아올랐다가 바닷속으로 사라지는 것을 보았습니다. 워낙에 거센 폭풍이라 '풍덩' 소리는 들려오지 않았지만 들리는 것만 같았습니다. 그렇지만 그것이 무엇인지 생각할 틈도 없이 나조차도 공중으로 떴다가 이내 휘몰아치는 폭풍 속으로 휘말려 들어갔습니다.

　여기가 어디일까요? 정말 어디일까요? 감이 잡히질 않습

니다. 이 이상한 소리는 무엇일까요! 어디서 들려오는 소리
일까요!

　나는 눈을 뜬다는 것이 무섭고 두려웠습니다. 그렇지만
언제까지나 눈을 감고 있을 수는 없습니다. 나는 천천히 실
눈을 떴습니다. 그때 부드러운 무언가가 나의 다리를 스치
고 지나갔습니다.

"이제 정신이 드니?"

어린 물고기였습니다. 나는 그제야 바닷속으로 떨어진 것을 기억해 내고는 물고기를 새초롬히 바라보았습니다.

"네가 내 다섯 번째 주인이니?"

"나는 그냥 흰동가리야. 너의 주인은 너야."

흰동가리의 말은 사실이었습니다. 내 주인은 아무도 없었고 나는 그냥 나였습니다. 그냥 의자일 뿐이었어요. 바다 밑바닥으로 떨어진 주인 없는 의자가 된 것이었어요.

"아, 다행이다."

"다행이라고? 너는 바다 밑으로 떨어진 거야. 물고기가 아니면 여기서는 오래 살 수 없어."

"괜찮아. 나의 소원은 배에서 떠나는 것이었거든."

나는 그러다가 내 옆에 높이 올라간 거대한 산호초를 보고는 입이 쩌억 벌어지고 말았습니다.

"어쩌면! 어쩌면!"

"멋있지? 너는 운 좋은 친구야. 이 바다에서 제일 아름다운 산호초 마을에 떨어진 것이거든."

그러게나 말입니다.

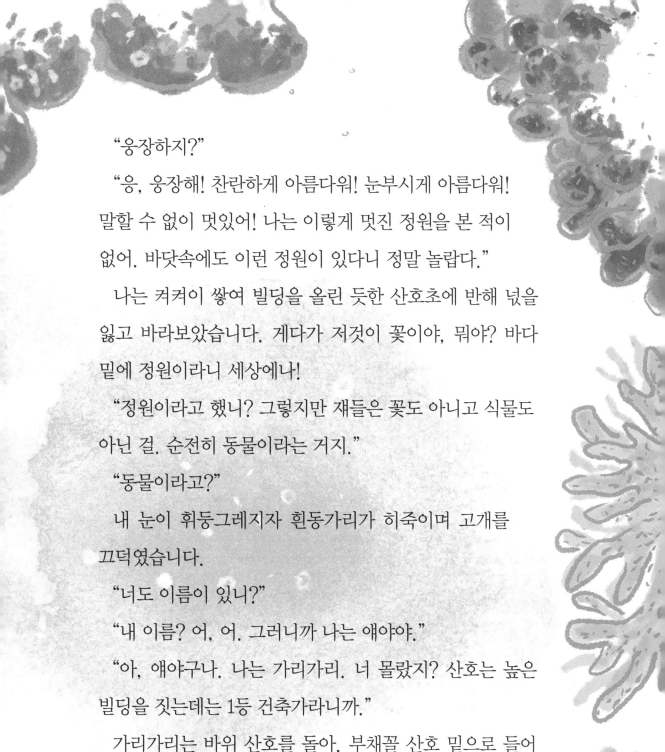

"웅장하지?"

"응, 웅장해! 찬란하게 아름다워! 눈부시게 아름다워! 말할 수 없이 멋있어! 나는 이렇게 멋진 정원을 본 적이 없어. 바닷속에도 이런 정원이 있다니 정말 놀랍다."

나는 켜켜이 쌓여 빌딩을 올린 듯한 산호초에 반해 넋을 잃고 바라보았습니다. 게다가 저것이 꽃이야, 뭐야? 바다 밑에 정원이라니 세상에나!

"정원이라고 했니? 그렇지만 쟤들은 꽃도 아니고 식물도 아닌 걸. 순전히 동물이라는 거지."

"동물이라고?"

내 눈이 휘둥그레지자 흰동가리가 히죽이며 고개를 끄덕였습니다.

"너도 이름이 있니?"

"내 이름? 어, 어. 그러니까 나는 애야야."

"아, 애야구나. 나는 가리가리. 너 몰랐지? 산호는 높은 빌딩을 짓는데는 1등 건축가라니까."

가리가리는 바위 산호를 돌아, 부채꼴 산호 밑으로 들어

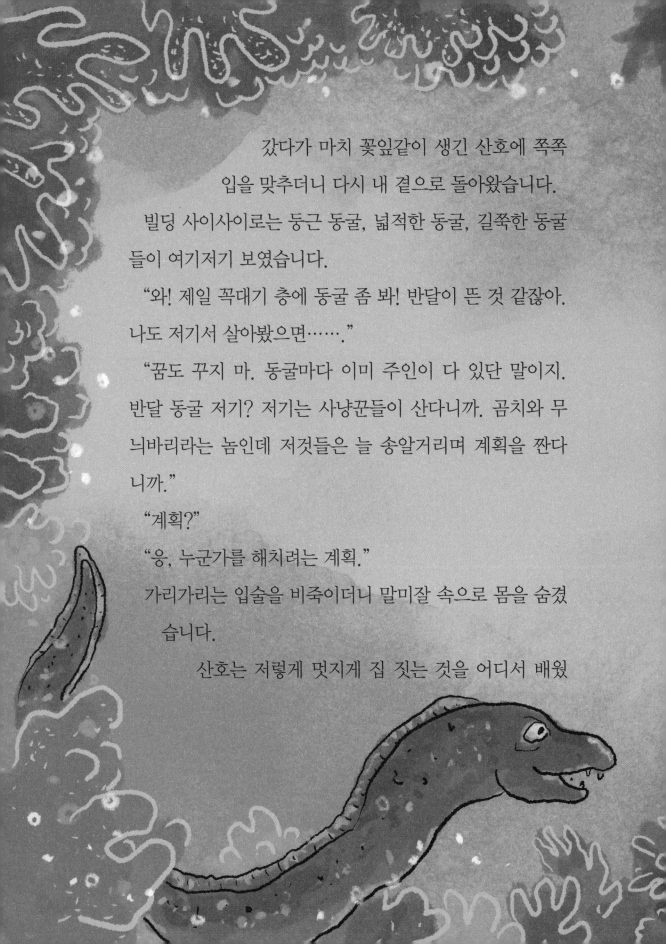

갔다가 마치 꽃잎같이 생긴 산호에 쪽쪽
입을 맞추더니 다시 내 곁으로 돌아왔습니다.
빌딩 사이사이로는 둥근 동굴, 넓적한 동굴, 길쭉한 동굴
들이 여기저기 보였습니다.
"와! 제일 꼭대기 층에 동굴 좀 봐! 반달이 뜬 것 같잖아.
나도 저기서 살아봤으면……."
"꿈도 꾸지 마. 동굴마다 이미 주인이 다 있단 말이지.
반달 동굴 저기? 저기는 사냥꾼들이 산다니까. 곰치와 무
늬바리라는 놈인데 저것들은 늘 송알거리며 계획을 짠다
니까."
"계획?"
"응, 누군가를 해치려는 계획."
가리가리는 입술을 비죽이더니 말미잘 속으로 몸을 숨겼
습니다.
산호는 저렇게 멋지게 집 짓는 것을 어디서 배웠

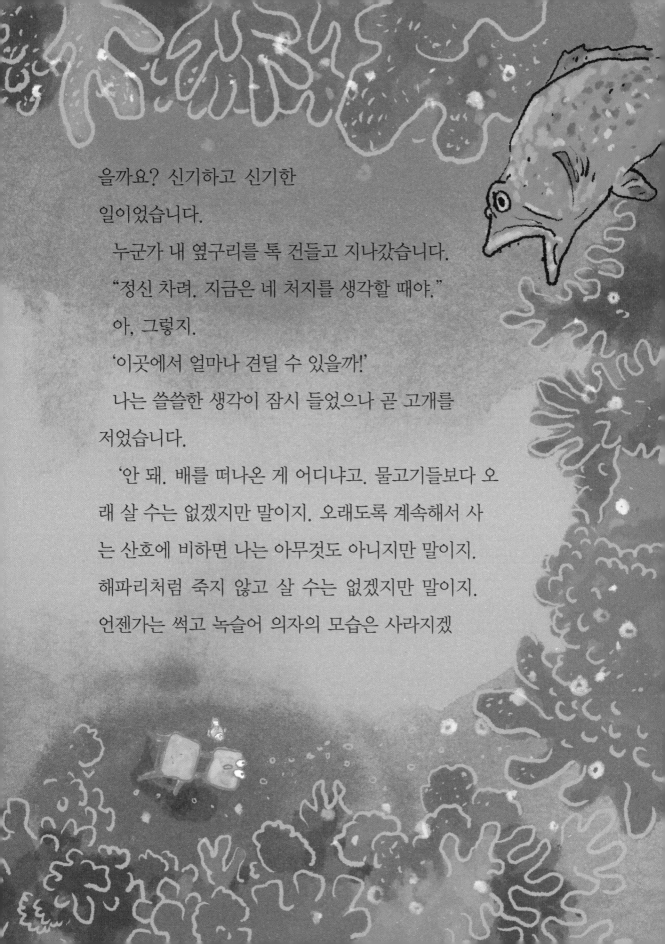

을까요? 신기하고 신기한
일이었습니다.
　누군가 내 옆구리를 톡 건들고 지나갔습니다.
　"정신 차려. 지금은 네 처지를 생각할 때야."
　아, 그렇지.
　'이곳에서 얼마나 견딜 수 있을까!'
　나는 쓸쓸한 생각이 잠시 들었으나 곧 고개를
저었습니다.
　'안 돼. 배를 떠나온 게 어디냐고. 물고기들보다 오
래 살 수는 없겠지만 말이지. 오래도록 계속해서 사
는 산호에 비하면 나는 아무것도 아니지만 말이지.
해파리처럼 죽지 않고 살 수는 없겠지만 말이지.
언젠가는 썩고 녹슬어 의자의 모습은 사라지겠

지만 말이지. 그래도 노래를 부르며 살아갈 테야.'

어디선가 속삭이는 소리가 들려왔습니다. 그것은 말미잘이 살랑살랑 흔들거리는 소리였습니다. 꼭 바람에 나부끼는 갈대숲에서 들려오는 소리와 비슷했습니다.

"히야! 바닷속에도 바람이 부는구나!"

"바람이 불어서 나는 소리가 아니고 우리가 숨바꼭질하는 중이거든."

조금 전에 만났던 가리가리가 말미잘 속에서 얼굴을 빼꼼 내밀었습니다. 나는 하루도 지나지 않아 흰동가리들과 말미잘은 둘도 없는 단짝 사이라는 것을 알았습니다.

"나도 옛날에는 단짝이 있었어."

"있었어? 지금은 없어?"

"없어. 헤어질 수밖에 없었어."

문득 휴 할머니가 했던 말이 떠올랐습니다.

'저 붉은 기차를 타면 다른 세상으로 떠나 버린 사람들을 만날 수 있을까?'

가리가리가 내 다리 사이를 빙빙 돌았습니다. 갑자기 헤

44

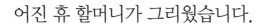

어진 휴 할머니가 그리웠습니다.

"나의 단짝 친구는 붉은 기차를 타고 떠나셨을 거야. 아마 지금쯤은 떠나 버린 사람들을 만났을지도 몰라."

흰둥가리는 나의 중얼거림을 들었는지 말았는지 출렁거리는 말미잘 속으로 또다시 들어갔습니다.

바닷속에서의 첫날 밤, 도무지 잠이 오지 않았습니다. 산호초에 붙어사는 식물들은 벌써 꿈나라로 갔을까요.

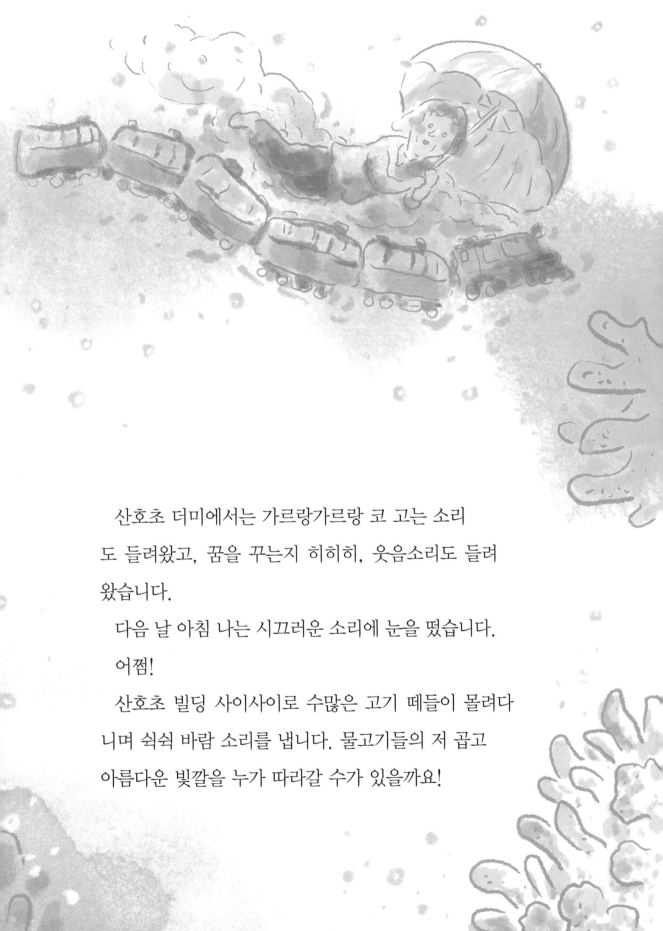

    산호초 더미에서는 가르랑가르랑 코 고는 소리
도 들려왔고, 꿈을 꾸는지 히히히, 웃음소리도 들려
왔습니다.
    다음 날 아침 나는 시끄러운 소리에 눈을 떴습니다.
    어쩜!
    산호초 빌딩 사이사이로 수많은 고기 떼들이 몰려다
니며 쉭쉭 바람 소리를 냅니다. 물고기들의 저 곱고
아름다운 빛깔을 누가 따라갈 수가 있을까요!

앵무새들이 화려한 나비고기들을 보면 꽥꽥거릴
게 뻔합니다. 샘이 나고 욕심이 발동해서 신에게
똑같은 옷을 달라 기도를 할 테니까요.

"어쩜!"

산호초 동굴에서 나온 물고기며 바닷게, 새우들도 시끄
러운 소리를 내기는 마찬가지였습니다. 서로 으르렁거리며
눈을 부릅뜨기도 했습니다.

쿵쿵, 딱딱, 키익, 으으렁, 캬아!

물고기들이 내는 갖가지 소리는 숲속에서 지저귀던
새들보다 훨씬 시끄러웠습니다. 게다가
오도독오도독 무엇인가를

씹어 먹는 소리가 제일 시끄러웠습니다.

"파랑비늘돔! 너 돔돔! 시끄럽다고! 제발 산호 좀 그만 처

먹었으면 좋겠어! 나는 지금이 잘 시간이란 말이다!"

덩치 큰 바닷가재가 보글보글 거품을 물고

외쳤습니다. 돔돔은 그러든가

말던가 계속 오도독

거렸습니다.

"네가 아무리 산호초를 지키는 보초병이라고 큰소리를 쳐도, 너는 사람들 밥상 위에서 그 두툼한 갑옷이 빨갛게 빨갛게 익어 바닷가재로 죽을 뿐이지. 나는 말이야. 똥도 쓸모가 있단 말이다. 해변의 흰 모래가 뭐냐? 내가 이렇게 먹고 싼 똥이란 말이지. 이 세상에서 제일 아름다운 똥이란 말이다. 사람들이 좋아해도 잡아먹기는커녕 맨발로 내 똥 위를 걷고 이불처럼 덮고 자기도 한단 말이다."

바닷가재들이 약이 올라 수염을 치켜세웠으나 그 이상 큰 소리가 나지는 않았습니다. 새우가 끼어들었기 때문입니다.

"자자, 교통이 복잡한 시간이라고! 다들 조용히 하고 서로 질서를 지켜줬으면 좋겠어! 그렇지 않아도 더워서 짜증

이 나니 서로

조심들 좀 하자."

  풋! 나도 모르게 웃음이

나왔습니다. 교통이 복잡하다니

말입니다. 땅에 사는 사람들한테나 있는 일인 줄 알았더니

바닷속 동물들도 그렇다니까요.

  나의 하루하루는 날마다 비슷했습니다. 특별히 기쁜 날

도 없었고 슬픈 날도 없었습니다. 물고기들끼리 충돌해서

멍이 드는 것이 슬픈 일은 아니니까요.

  내 옆을 자주 지나다니는 늙은 대모거북은 등딱지가 두

꺼워서일까요? 아니면 늙어서일까요? 요즘 땀을 얼마나

흘리는지요.

  그러던 어느 날이었습니다. 나의 다리 밑으로 이상한 물

체 하나가 흘러들었습니다.

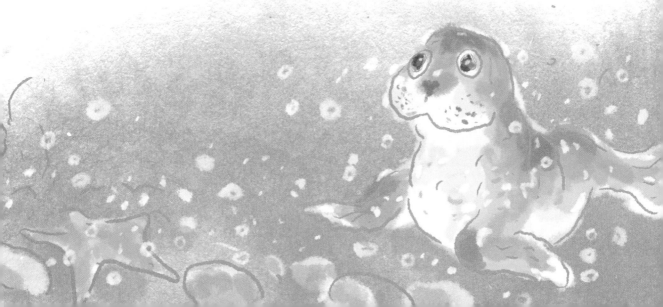

"이런! 새끼 바다코끼리야!"

대모거북의 말을 듣고 물고기들이 모여들었습니다.

"킹대모. 얘는 얼음 나라 남극에서 온 아이야. 얼음 위에
서 살던 아이."

"그 머나먼 곳에서 어떻게 여기까지 흘러들어 왔을까?"

아!

나는 그 순간 새들이 했던 말이 생각났습니다.

"너는 들었니? 그 얼음 나라에 대해?"

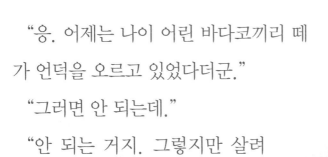

"응. 어제는 나이 어린 바다코끼리 떼
가 언덕을 오르고 있었다더군."
"그러면 안 되는데."
"안 되는 거지. 그렇지만 살려
고 그러는 거지."

킹대모의 낯빛이 조금 전보다 더
어두워졌습니다.
"바다코끼리들이 얼
음 위를 떠나 언덕을
오른다는 소리를 들은

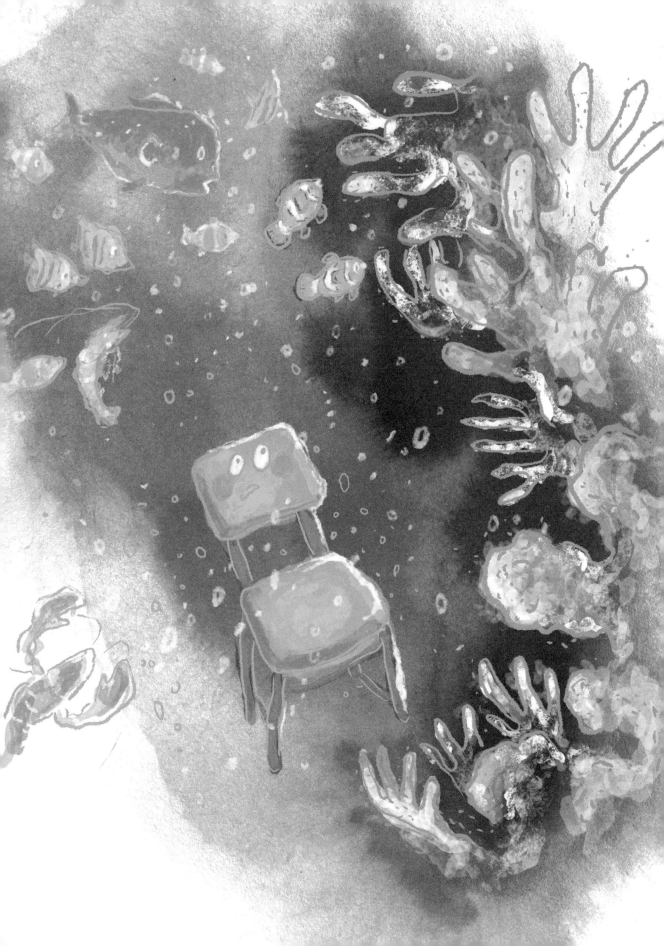

적이 있어. 사실인가 봐. 여기 봐. 다리가 댕강 부러졌잖
아. 언덕을 오르다가 떨어진 것 같군."

그때였습니다.

"악!"

돔돔이 파란 몸을 부르르 떨고 있었습니다.

"하얗게 변해 버렸어!"

킹대모는 시퍼렇게 질려 바닥에 털썩 주저앉았습니다.

"백화다!"

"백화야?"

그 순간 물고기들의 눈빛이 슬프게 변했습니다. 백화가
귀신일까요? 백화가 뭐길래 저렇게들 놀라는 것일까요?

돔돔 곁으로 간 물고기들은 소리 내어 울지는 않았습니
다. 그렇지만 하얗게 변한 바위 산호에게 입을 맞춘 후 소
리 없이 자기들이 차지하고 사는 집으로 돌아갔습니다.

그날 밤 산호 빌딩 숲에는 한숨 소리뿐이었습니다.

백화! 산호의 빛깔이 하얗게 변해서 죽는 거라고요? 세
상에 저렇게나 곱고 아름다운 산호가 죽는다고요? 이유가
바닷물이 더워서 그렇다고요?

"가리가리야. 산호는 영원히 살 수도 있다고 했잖니?"

가리가리의 대답은 들려오지 않았습니다. 어쩌면 가리가리는 백화된 산호의 허리를 잡고 잠들어 있을지도 모릅니다. 낮에 그 동그란 눈에 눈물이 반짝이는 것을 보았거든요.

가리가리는 슬픔을 당한 친구가 있으면 허리를 꼭 끌어안고 자는 버릇이 있다고 그랬거든요. 아마도 오늘은 죽은 산호의 허리를 끌어안고 잠들어 있지 않을까 하는 생각이 들었습니다.

　가녀린 플랑크톤 살프가 내 곁에 와서
한숨을 쉬었습니다.

　"너는 덥지 않니? 이 물이 덥다고 생각 안
해? 물이 더워지지 않으면 산호는 죽지 않아. 해파리도
사람이 잡지 않으면 죽지 않아. 그러나 잡히는 날에는 살아
날 방법은 조금도 없지. 나는 내 친구 해파리들이 바다 위
로 끌려가는 것을 동동거리며 바라만 볼 수밖에 없었어."

　갑자기 해파리 요리를 좋아하던 사람이 떠올랐습니다.
항아리 주둥이만큼 큰 입속으로 해파리를 우걱우걱 쑤셔
넣던 대머리 챠이 씨.

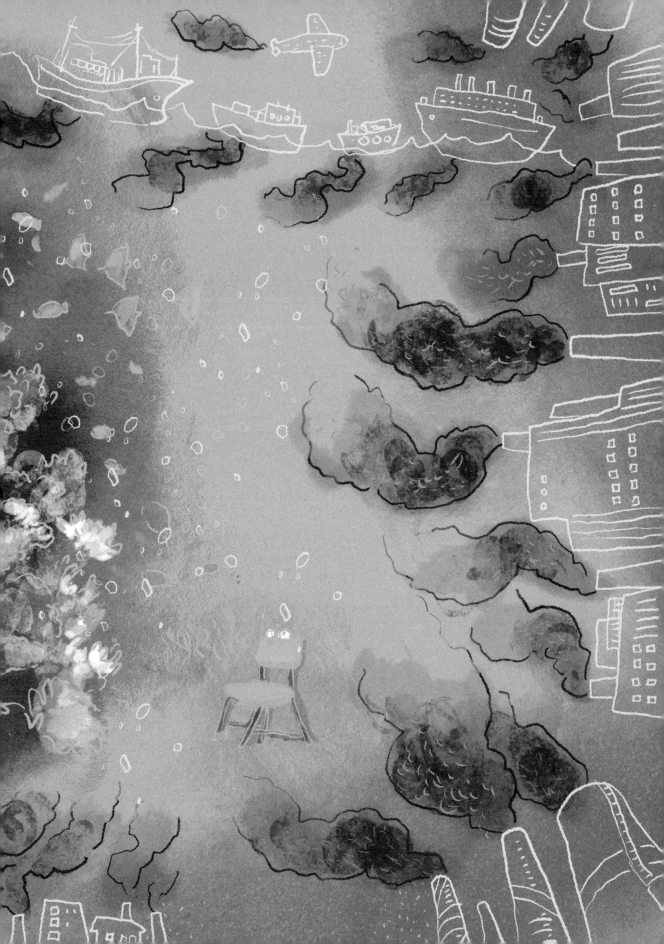

"바다가 조금만 더 더워진다면 저 산호 빌딩은……."

"산호 빌딩이 왜? 왜 말을 하다가 멈춰?"

"아찔해서. 기막힌 일이라서. 왜냐하면 산호 빌딩은 말이지, 백화 빌딩이 되고 말 거니까."

아아! 현기증이 느껴졌습니다.

"그럴 수는 없어, 작은 친구야."

살프가 힘없이 일어났습니다.

"맞아. 그런 일이 없었으면 좋겠어. 우리에겐 집도 짝도 목숨도 잃을 수 있는 일이니까."

나는 새벽이 되도록 잠을 이룰 수가 없었습니다. 어떻게 잠이 올 수 있겠어요. 무언가를 잃는다는 것은 누구에게나 슬픈 일인걸요.

"아, 덥다."

"뜨거워."

"아, 정말 더워!"

하루하루가 지날수록 산호초 마을에 신음하는 소리가 늘어 갔습니다. 눈알을 굴리며 그 소리를 듣고 있노라면 내가 바보 멍텅구리가 된 것 같았습니다. 아무것도 도울 수 없다

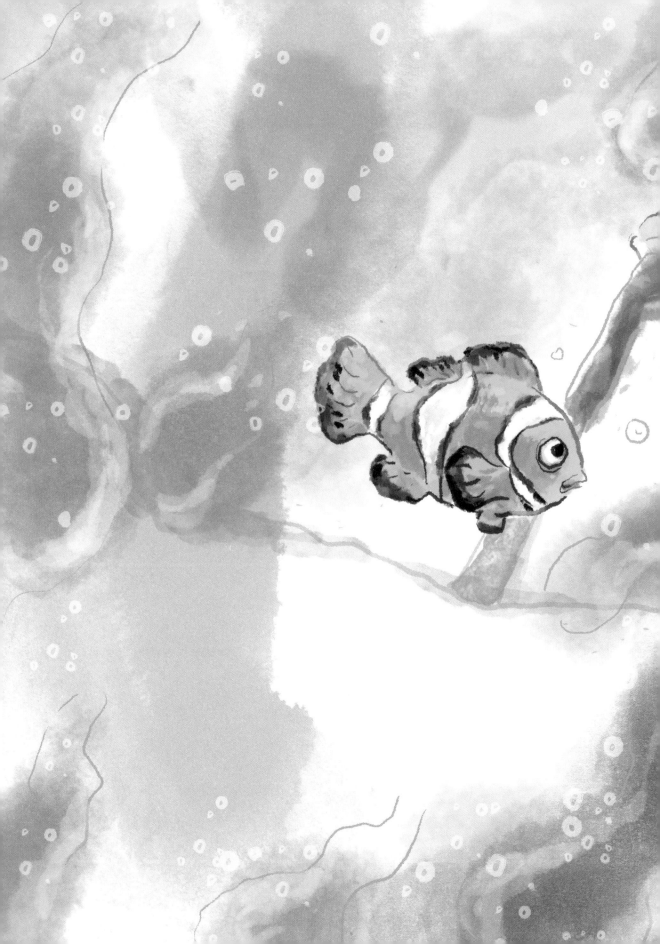

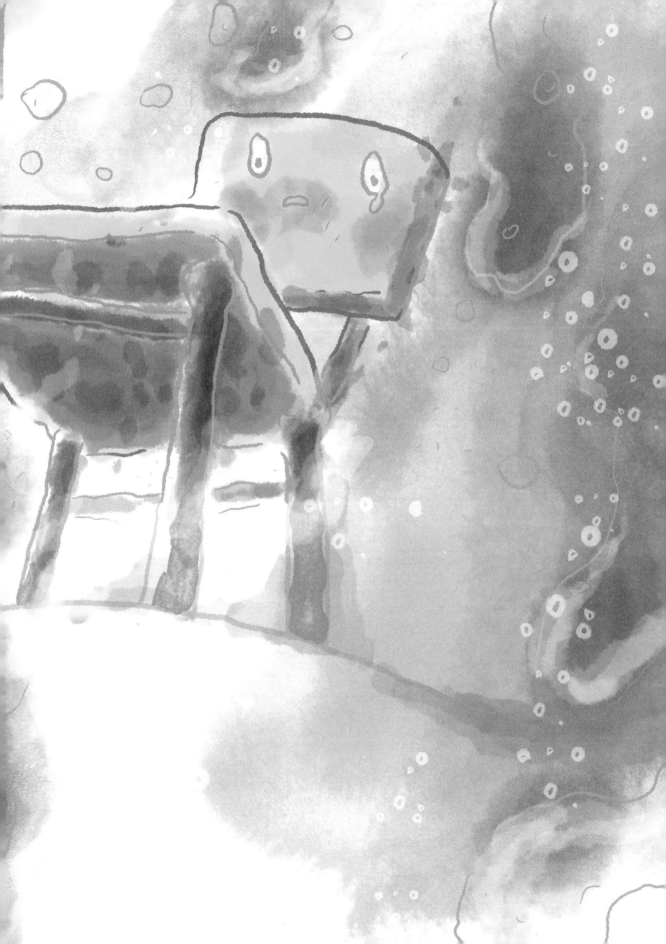

는 것이 무척 기운
을 빠지게 했거든요.

"누가 바닷물을 끓이
고 있는 거니?"

"글쎄. 나는 아직 어려서
잘 모르겠어."

가리가리가 내 의자 위에서 푸푸
물을 몰아냈습니다.

"무슨 짓이니?"

"더운물이 내 몸에 닿을 때마다 괴로워서 쫓아 버리는 거
야. 너는 괜찮아?"

"나만 괜찮아서 미안해."

"이제 너의 소원은 여기에서 떠나는 거니?"

가리가리는 배에서 살 때 나의 소원이 그곳을 떠나고 싶
은 것이었다는 걸 기억한 것 같았습니다.

"아니. 나는 절대 너희들을 두고 떠나지 않
아. 날개도 지느러미도 없어서 떠나지도 못
하겠지만."

가리가리는 내 얇은 다리를
꼭 안더니 꾸벅꾸벅 졸았습니다.
"오늘은 슬퍼서가 아니고 고마워서
이러는 거야."
가리가리는 곧 잠이 들었습니다.
그런데 아뿔싸!
어쩌면 좋을까요. 우리는 얼마
후 굉장한 사실을 알게 되었습
니다. 바위 산호의 백화는
이제 겨우 시작이었다는
것을!

소리도 없이 죽어간 바위 산호와 달리 부채꼴 산호는 부채 끝이 하얗게 질려갈 때 있는 힘을 다해 외쳤습니다.

"죽고 싶지 않아. 살려 줘!"

부채꼴 산호가 하얗게 변하여 죽자 물고기들은 모두 두려움에 휩싸였습니다.

"여기 계속 있다가는 우리도 죽을지 몰라."

"소문 들었니? 물이 너무 더워지면 우리가 익어 버릴 수도 있다는군."

산호들은 나날이 하얗게 질려 죽어 갔고 거대한 산호초들 군데군데는 뼈가 드러나기 시작했습니다.

빌딩 숲은 나날이 비어 갔습니다.

나비고기 떼는 며칠 전에 떠났고, 오늘은 킹대모가 다른 산호초를 찾아 떠났습니다. 킹대모가 떠나자 킹대모가 살던 바위 밑에서 쉬이쉬이 이상한 소리가 들려왔습니다.

"바위가 우나 봐."

가리가리는 텅 빈 바위를 토닥이더니 끌어안았습니다. 할머니네 마당 가에 있던 큰 삼나무가 생각났습니다. 거기 붙어 있던 딱정벌레도요. 가리가리는 꼭 커다란 삼나무에 붙어 있던 콩알만 한 딱정벌레 같았습니다.

산호초 마을의 반이 하얗게 변해 죽어 간 어느 날 아침이었습니다.

다른 날과 다르게 산호들이 빛을 내기 시작했습니다.

"어! 산호들 좀 봐! 불빛을 내잖아! 멋있다!"

"왜 번쩍거리지? 멋있다!"

내가 아는 한 그것은 형광빛이었습니다. 나는 사람이 사는 마을에서 살았던 의자잖아요. 뱃사람의 의자였잖아요. 갑자기 형광빛을 쏟아내는 산호 빌딩의 풍경이 찬란하게 빛났습니다. 말로는 표현할 수 없는 아름다운 풍경이었습니다.

그런데 가만 들어보니 그 빌딩 숲에서 흐느끼는 소리가 들려왔습니다.

아! 산호들이었습니다.

얼굴이 붉어진 꽃잎 산호들이 끙끙대며 외쳤습니다.

"아, 견딜 수가 없어!"

"살고 싶다고!"

아아! 어쩌면 이럴 수가 있을까요! 산호들은 온도가 높아

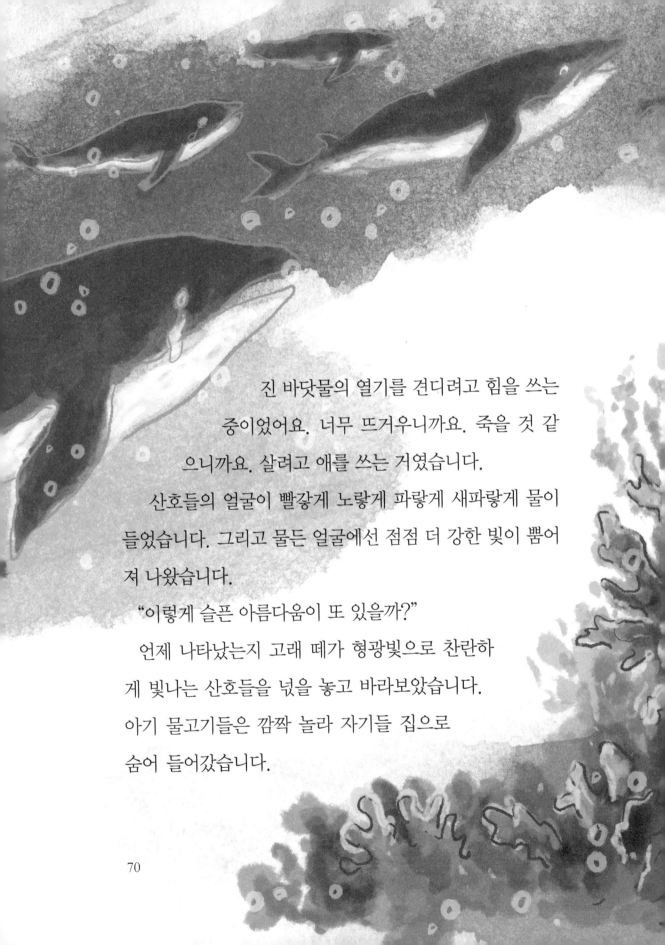

진 바닷물의 열기를 견디려고 힘을 쓰는
중이었어요. 너무 뜨거우니까요. 죽을 것 같
으니까요. 살려고 애를 쓰는 거였습니다.

산호들의 얼굴이 빨갛게 노랗게 파랗게 새파랗게 물이
들었습니다. 그리고 물든 얼굴에선 점점 더 강한 빛이 뿜어
져 나왔습니다.

"이렇게 슬픈 아름다움이 또 있을까?"

언제 나타났는지 고래 떼가 형광빛으로 찬란하
게 빛나는 산호들을 넋을 놓고 바라보았습니다.
아기 물고기들은 깜짝 놀라 자기들 집으로
숨어 들어갔습니다.

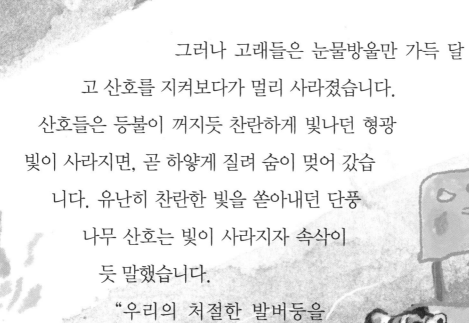

그러나 고래들은 눈물방울만 가득 달
고 산호를 지켜보다가 멀리 사라졌습니다.
산호들은 등불이 꺼지듯 찬란하게 빛나던 형광
빛이 사라지면, 곧 하얗게 질려 숨이 멎어 갔습
니다. 유난히 찬란한 빛을 쏟아내던 단풍
나무 산호는 빛이 사라지자 속삭이
듯 말했습니다.
　　"우리의 처절한 발버둥을
기억해 줘."

"내가 끝까지 기억해 줄게."

내 목소리가 너무 컸을까요? 물고기들이 놀라 순식간에 자기들 집으로 들어가 몸을 숨겼습니다.

가리가리가 내게 기대어 눈만 말똥거렸습니다.

"옛날에 나의 단짝 휴 할머니와 '마지막 무도회'라는 영화를 본 적 있었어. 병이 든 왕비가 아름다운 드레스를 입고 마지막으로 춤을 추는 영화였지. 흰 드레스를 입은 왕비는 그날 밤 보석처럼 빛났고 별처럼 아름다웠어. 왕비는 음악이 끝나고 춤을 멈추자 곧 숨을 거두지."

"산호들 같다, 그치?"

"응. 마지막으로 뿜어대는 빛이 왕비와 닮았어."

"나도 처절하게 발버둥치면 아름다운 빛이 생겨날까?"

산호 빌딩은 거의 하얀 무덤으로 변해 갔습니다.

살아 있는 산호들 사이에서 먹이를 찾던 물고기들은 사라지기도 하고 죽기도 했습니다. 마지막으로 산호 마을을 떠나게 된 것은 흰동가리 떼였습니다.

"내일은 큰 물고기 떼들이 먼바다로 여행을 간다지, 아마. 너희들 조심해. 잡히는 날이면 상어 뱃속이라는 거 알지?"

돔돔은 생각을 해 주는 건지, 겁을 주는 것인지도 모를 말을 던지고 빈 동굴 속으로 가 버렸습니다.

기어코 다가온 가리가리와의 이별을 어떻게 표현할 수 있을까요! 가리가리는 내 주변을 빙빙 돌더니 내 다리를 꼭 잡고 입을 맞추었습니다.

"나의 소원은 너에게 다시 돌아오는 것이야."

"그래. 나의 소원은 너를 다시 만나는 거야.

흰동가리 무리 속에 섞여 길을 떠나는 가리가리는 자꾸만 뒤를 돌아보았습니다. 나는 어린 친구의 눈을 애써 외면하느라 괜히 동굴을 향해 외쳤습니다.

"돔돔!"

"돔돔!"

돔돔은 내 마음을 알았는지 아무 대답도 하지 않

있습니다.

　그 호화롭던 산호초
빌딩은 이제 완전한 무
덤이 되었습니다. 동굴들
은 텅텅 비었고 죽은 산호
초는 뼈만 앙상히 남아 그저
돌무더기 같았습니다. 흰동가리
들의 단짝이었던 말미잘들도 하얗게
백화된 지 벌써 여러 날 지났습니다. 늘 오도독거리던 돔돔
의 소리도 들리지 않게 된 지 꽤 지났습니다. 그러나 돔돔
의 모습은 사라진 것인지 죽은 것인지조차 알 수 없습니다.

　텅 빈 빌딩 숲에서는 늘 이상한 소리에 휩싸여 있습니다.
무덤이 된 곳이라 그럴까요!
　간간이 무너지는 소리도 들렸고, 툭 떨어지는 소리도 들
립니다. 쉭쉭 거리는 소리도 들립니다. 그럴 때마다 무서운
생각이 머릿속을 스쳐 갑니다.
　　"가리가리야. 다른 산호초에 잘 도착한 거니?"

"돔돔. 너는 어디로 간 거니? 너의 오도독 소리가 너무나
듣고 싶은데."

　그때 어디선가 이상한 물체가 흘러 흘러 내 곁으로 다가
왔습니다. 시커먼 그물 더미였습니다. 그런데 다른 곳으로
떠난 대모거북이 어째서 그 속에 있는 것일까요?

　"킹대모!"

　이럴 수가 있을까요!

　킹대모는 누구의 입맞춤도 받지 못한 채 축 늘어져 말이
없었습니다.

　죽은 킹대모를 휘감은 그물은 야속하게도

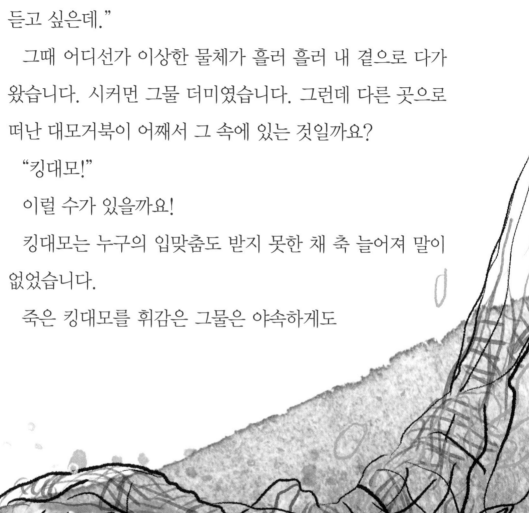

나를 지나 흘러 흘러 내 눈앞에서 멀어져 갔습니다.

나는 아무도 없는 백화 무덤에 대고 외쳤습니다.

"다시 살아날 수는 없는 거니?"

"너는 세상에 1등 가는 건축가라며?"

그때 무언가 나를 덮쳤습니다.

"으악!"

내가 쓰러지며 소리쳤습니다. 게 잡는 망가진 철조

망이었습니다. 그리고 곧바로 낚싯줄 더미가 나를
휘감았습니다.

　나는 박힌 못이 떨어져 나가 한쪽 다리를 덜렁거린 채
버려진 낚싯줄 더미를 모자처럼 뒤집어쓰고 조금
씩 떠밀려 갔습니다.

"나의 소원은 너에게 다시 돌아오는 거야."

어디선가 가리가리의 목소리가 메아리처럼 들려

왔습니다.

"안 돼!"

"나는 소원이 있단 말이야!"

밝은 아침 해가 바닷속으로 퍼져 들어옵니다.

겨우 산호초 무덤 끝에 걸려 있는 나는 기다립니다.

바닷속에 1등 건축가가 다시 이곳에 탑을 쌓는 날이
오기를 날마다 기다립니다.

눈부시게 아름다운 바닷속 정원이 다시 피어나기를 하염
없이 기다립니다.

내 친구 가리가리가 그 어여쁜 꼬리를 살랑거리며 돌아
오기를 손꼽아 기다립니다.